JN122776

歌集

紙ひかうき

弘井文子
Hiroi Fumiko

六花書林

紙ひかうき　＊　目次

装幀　真田幸治

紙ひかうき

そばかす

山行の日々のなごりの雀斑がある　こはいものなき日々なりき

鴨居よりさがる作業着さびしげでひっぱってみてもやっぱりさびしげ

ブロッコリーを小房に分けてゆであげて深き緑の森へと入りぬ

肺のなか空気が満ちてまた出でて呼吸はさびしき営みなるよ

胸底の澱みをかきまぜぬやうにペットボトルが口に近づく

半島をふちどりてゐる雲のそこ夕日がことんと落ちてしまひぬ

ゆで卵ぷるりと剝きていちにちのをはりにミモザサラダをつくる

一通のメール欲りつつ夜の更けを団十郎の目ん玉を観つ

ぬけがら

をりふしに家族の予定をかきいれて七曜表の青のさやけし

青空がきりきりとありその下にシャツやシーツを干すひとがゐる

冗舌がノンストップとなる昼下がりくちびるはふるへやまざる肉片

橋の上に夜毎に嵩を増してゆく狸の糞のさみしきかたち

裏返しのパジャマ鴨居にたれさがるなにを生みたるのちのぬけがら

不安に名前をつけむ不安に名前のあらば不安は消えむ

右の手がベッドサイドにのびてゆくかさりと口をひらく薬袋

『楡家の人々』その大方は忘れたり茂吉にであふ半世紀の昔

馬の背

歩くあるく風とにほひの受信機となりてひと日を里山にゐる

黒揚羽はらり一頭おひこして馬の背に風かそけくわたる

水面に嵌めこまれたるあなとして真鯉緋鯉の口吻あまた

路地奥に銀木犀の香のたちて夕暮れどきはまよひごのとき

作業衣の胸ポケットよりどんぐりがこぼれて洗濯籠も秋なり

あふちのはな

戻る場所ではなく訪ねる場所となる海辺の町よ母十三回忌

船だまり潮みちくれば船べりをあらふ波音浦戸湾口

ながらくを山にて暮らす細胞に海のにほひのもどりきたれよ

ははそばの母は裸身のうち深く卵を抱きてうつくしかりき

白麻の絣の母はあまやかに若草色の日傘がくるり

畏れしはははそばの母慕ひしはちちのみの父　あやとりやせむ

黒御影石のしたへのちちははにあふちのはなの零れてをらむ

缶ピース

父逝きて残る船員日記には「あゝ今日もまた呑みすぎてしまつた」

モノクロの写真のなかに菜つ葉服の父が微笑むペンギン抱いて

捕鯨船乗りよりとどく電文の「ハルカオーロラノカナタヨリ」はも

缶ピースの香りとともに戻りきぬ我が父なりき捕鯨の時代

航海の合間に父のゐる日々は家族みなよく声あげ笑ひき

ロッキングチェアーに寝酒すすりつつ眠つたやうに逝きたまひたり

よく笑ふ父でありしよ　六十年その大方を海に生きたり

文丸てふキャッチャーボートに乗り組みし父の子なれば我が名は文子

いそひよどり

皇帝ダリア冬天にたち抗精神薬おそれつつはたすがりつつ

プルトップひけばぺこんと音がして天気予報が雪だとつげる

妬むこころ驕るこころの夕つかた鰯の腹のやはきを割きぬ

わたくしがもはら大事と棟たかくいそひよどりはさへづりやまず

川岸に近くもぐりてうきあがるかいつぶり二羽ほどの仕合せ

李さん

「笑ふことへたです」といひ李さんはめぢからつよく自己紹介す

万博のための建設工事あまた「お見苦しい」と李さんの言ふ

かんからに物乞ひをする男ゐて「あれは仕事です」李さん言ひぬ

建国の歴史を語りやまざりし李さんすこし怒つたやうに

プーアール茶中国式なる作法にてあふるるままにあるをさびしむ

黒曜石

日に四便町営バスのやってくる光峠は雑木の中に
よわりたる脚に崩壊地をくだるときに上肢をあやつりながら

たれに待たるる明日もなくて露頭より黒曜石の欠片がのぞく

篠竹の裡にしやがめば冬の空　あの鳥の名ををしへてください

家垣にさざんくわいたく咲かしめてしぐるるなかに一所あかるし

大豆殻を庭先にたたく音のして高原に日ははや暮れかかる

大陸ゆ飛来せしとふ砂層の二枚をめぐりひと日暮れたり

ドライアイ

三月の二輛電車はさみしげではだれの雪の原をすぎゆく

あさなさな眉尻たかく描きあげるむかしありけり雪やまずけり

たれもたれも茂吉をよみて茂吉になる、といふわけでもなくドライアイ

鼻梁よりずりおちやまぬ読書用眼鏡　無能の者なりわれは

しろたへのマスクのうちにみつしりと湯気たちこめて今日はおしまひ

息継ぎ

青年は手巻煙草をさんぼんがほど吸ひをへて善き笑みとなる

雑踏を歩めば彼はわたくしの歩にあはせくるるさういふ青年

鼻中隔軟骨に銀のピアスもつ青年の肩抱くこそあはれ

ひとときをふざけあひのち息をつぐかなしきろかもさんぐわつの雪

金剛石芥子粒ほどをあがなひて今日の渇きをいやさむとせり

健全に暮らす　仕合せにくらす　花殻をつむ　ふきんを晒す

ひさかたのプールに泳げばそれなりに身体の浮きて息継ぎなどす

アクリルの函

あかむらさき色の両手をにぎりたる赤子タオルに包まれてをり

まなぶたのもりあがるとき新生児室ガラス壁より声の漏りくる

北斎が役者絵のごと足裏の盛りあがりたる皮膚黄色なり

茜さすアクリルの函あからひく赤子は眠るいのちなるかも

貧血の子にひじき煮る夕つ方おかあさんと呼ぶ声のきこえく

おかあさんがいつとう好きな長の子が赤子をいだく細きかひなに

あをけぶる谷のなだりに霧あれてしまらくののち一山をおほふ

雪擦り

歳末のマクドナルドに母と子とハンバーガーを食むポテトをつけて

やまかひの町にもひとは綺羅羅なる電飾とぼす　メリー・クリスマス

湯たんぽを母さんとおもふ犬をりき寒さ厳しき朝なればおもふ

うちつけに息子いりきて骨壺のてつぺんをなで部屋をいでゆく

をさなきの声きかばよし聞かずばよし屋根よりおつる雪擦りの音

生姜糖

ちはやぶる神戸川放水路工事現場矢板の堰に冬鴨あまた

力ある声に現場の消息をかたりてのちに煙草くはへる

小伊津なる浦を見おろす坂道ゆ海上はるかしろき船みゆ

入江にそふ黒瓦屋根みおろしてちさき漁港へ道は下降す

浅入江烏賊釣り船にとぼらざる硝子燈火は涙のかたち

はろばろと打ち寄せられし韓国語　静間の浜に日を浴びてゐる

生姜糖みっついただき運転のつれづれふたつ舐めてしまひぬ

レジ袋

レジ袋の口を広げて花びらをうけつつ声をあげてわらふよ

膝による幼女は犬のにほひすと息子はいへりすこしわらひて

こころ衝かれしのちのまなぶた重ければ春川堰にみづあふれゐつ

杉落葉あつくつもるを踏みゆきてちさき祠の前へといたる

雲厚くいでて社は昼ながら暗しこずゑをよぎる風音

弁慶蟹

子とその子をんな四人の旅の朝荷物いささかおほめであるが

日本海より太平洋へやまうみを越えて高知のちひさな町へ

汐みちて鯔あがりくるしほひけば弁慶蟹でる浦戸湾口

妹の味噌汁うまし母のこと少しはなして朝飯（あさいひ）をはる

楽しいことといつぱいすると草臥れるでも楽しいことといつぱいしたい

七歳の少女をひしと抱きしめてバイバイと言ひ旅ををへたり

カマキリ

長押におほき蟷螂ひとつゐるときをり鎌をもちあげなどし

馬追ひの胴をつまめば押しかへす脚の力の強きにたぢろぐ

スイッチョン来てだんごむし来て一歳児きてカマキリも来るわたしの部屋に

黄ばみたる障子にふかく日のさして明るき室にやすけくひとり

長月の枇杷の葉みつしりさみしければ連なりて飛ぶしやうじやうとんぼ

三宝

明けて元旦屋根につもれる雪まろし玻璃戸のまへにしまし目つむる

千両ゆ朱実こぼれて床の間のちさき三宝にお重ねをのす

お年玉を子よりいただくありがたくいただく晴れて新年の座に

黒き梁のもとに九人の血縁のつどひて蟹の脚たべるなり

たれもたれもをらぬ座敷に掃除機をかけカーテンをひけばおしまひ

まんま

保育所の玄関におく給食のサンプルさしてまんまといひぬ

小児科にむかふ車中に声もなく昼のまんまを吐いてしまひぬ

宍道湖に日はさしながら風にとぶ小雪フロント硝子に溶ける

一歳児の寝顔ますぐにねむるかほ読書眼鏡にみてあかぬかも

一歳児よりウイルスをもらひたりたわいなき身をおりて嘔吐す

ちさき鍋に二口ほどの飯をいれお粥にしたり昼長けてのち

寝間着にポケットありて手をいれて仰臥して目をつむりそのまま

冬の日の障子にさせば寝がへりて二頁ばかり旧き歌集よむ

虫刺されあと

ふくらはぎに虫刺されあと消残りてひとさしゆびに圧しつつかぞふ

真夏日のエアコンのなか熱の子は絵本かじりつタオルに寝ねつ

ややありてあがりかまちへ這ひゆきてあむと泣きたり母のをらねば

くしやみしてはなみづふたつとび出してなめむ刹那をガーゼにとりつ

大好きなバナナを半分たひらげてにこりとゐまふ熱はあれども

肺胞にみつる空気をつかひきり少女楽しき話をはなす

父さんより母さんがいい残業の母さんはまだ帰ってこない

七歳と一歳のからだをいだく時ほしいままなるこころさびしむ

玄関の音をよっつの耳はきく「かあさんだ」「あむ」「みんなただいま」

一歳はとうさんのうで七歳はかあさんのせな　おかへりなさい

十年日記

遠山にほのか明るむやまざくら風あたらしきがどうときたりぬ

天理教松賀分教会前庭の隈にはなびらうづたかくあり

花筏を分け浮上せる石亀のまなく水路に沈みゆきたり

十年日記「風つよき日」と一行に書きて夕餉の流しにたちつ

幼児用はぶらしひとつキッチンのすみに幼児を待つてゐるなり

くしゃみ

くしゃみする三月お彼岸あの町にもどればふたりごをいだくわたしが

おかあしゃんが泣きんしゃったと　博多には六年住みきふたりご生れて

子をうちつ　桃のお尻にのこりたる手のあとのおほきおほき手のあと

ふたりごと抱きあひつつベランダにみし雷光の美しかりき

人間に生まれ一月ばかりなる赤子おほきなくしやみをしたり

プッチンプリン

一年を保育所にゆく一歳は世のことわりをいささか覚ゆ

浴室のドアが細目にあけられて赤子うけとる婿殿の手より

叱りたるのち手をかかげだつこせよとせがむ二歳を抱きあげにけり

たれもたれも充ち足りてゐるはずもなくプッチンプリンの爪を折りたり

離れより演歌をうたふ声はくる耳とほき九十歳のカラオケ

松花江（スンガリー）は凍れる大河『連山』にいくたび読みてこころはしたし

旅にいでむとおもひたるのみせんだんの薄紫はなだりにけぶる

蒲団

峠口バス停に落葉ふりしきり石見路師走の風のなかなり

楕円なす月にうさぎの半身あり益田市街地電柱の上に

軒をうつ時雨のおとをきいてゐる蔵王の山は真白ならむよ

脂汗いづることなく書きたらむ茂吉の署名が『寒雲』よりいづ

時雨ゆき街上に虹はますぐたち熱のこどもはしづかにねむる

みどりごは匍匐前進してゐたり右前方をいっしんにみて

高空にすぢひく雲や積む雲や宍道湖に今日なみしづかなり

ふるびたる蒲団あまたを処分せり子がいねしものをしみて捨てつ

寄合ひ

小路より雪踏むおとのきこえくる月の三日の寄合ひがへり

藪椿あさき水辺におちたるが重なりあひて朽ちゆくところ

さくら花芽はもも色ならむ熱の子を抱けばかろしかろし一歳

言ひかへす言葉をのみこむ子をにくむわたしを憎むひとつしはぶき

三月のあしたふる雪いもうとは遠くはなれて生家に暮らす

紙おむつ

花のした野球少年走りくるひとりはソプラノひとりはバリトン

島根原発ここより八・五キロなる掲示がありぬ堀川端に

五年あまり四週に一度あふ医師のよはひも靴のサイズもしらず

骨折の疑ひあれど紙おむつはいやだといひぬベッドに臥して

初めてのデイサービスに入浴しカラオケもせり九十一歳

朝鴉

モロッコ豆のすぢをとりつつ梅雨寒のくりやに砂漠の風をよびたり

朝鴉ゆつたりと鳴きいだしたり炎暑のきざしは山の端にあり

蝶の片羽あふのけの蟬からぶる蚯蚓夏のあしたは死にみちてゐる

道にそひカンナは赤し見上ぐれば八月六日の空澄みてをり

一歳が三歳に負けなくときに世にあらぬがに声をあげたる

一歳の水鉄砲を三歳がやはらかに我がものとするしぐさ

竹林の陰りに廃屋残りをりなむあみだぶつとくちびるは言ふ

印画紙

お買得リングのちらしが届きたり母の形見になかりしダイヤ

三姉妹のセーラーワンピースおそろひで印画紙のなか余所行きがほに

いもうとの父とわたしの父がゐるどちらも父でそれぞれ違ふ

オープンリール・デッキのテープに刻まれし妹の声いづこただよふ

船団への帰還をうながす電報を応召、といひし父母なりき

白き筋ましたる髪をやはらかく梳かしつけたり添ひ寝の床に

ははそばの母なり憎みしことありて　あんたがお母ちゃんにいちばん似いちゅう

高知ピーマン　袋に高知とあるからは買ってしまひぬ高知の生まれ

Facebook

Facebook は雪積む町の画をみしむ山形のゆき雲南のゆき

三十八度の熱あり納豆をあむあむとはむ一歳のかあさんは夜勤

身のうちに鬼をしづめつ如月の雪あはあはとつもることなし

水平線とおもふ果てよりしろき波立ちて山陰海岸に冬

中空は晴れれど水平線いまだ雲にせつして船形あはし

かつぱ書房

三歳のことばにならずうつぶきて卓をうちたり夕餉の席に

雉鳩の飛びたつときにいちまいの羽根をこぼしつ文月の空へ

貸本屋かっぱ書房のシャッターがおりて本日定休日なり

黄色なるくちばしが出て母さんきて父さんがくる八百屋の軒に

アポロンのすずしき目許を見あげつつハイオク満タン給油ををへる

蜘蛛の糸

蜘蛛の糸すいと下りたるいつぽんに苦瓜の髭巻きつくところ

みぎの手に杖をひだりの手に箒を九十二歳がくもの巣はらふ

月に群雲否蜘蛛の網　叱られてにはとり小屋の隅にみあげつ

お便所の窓にハ エトリグモがゐてずいと蠅とるさまに見とれき

一晩をかけ編まれたる蜘蛛の巣ををしみて今朝ははらはずにおく

オクラホマミキサー

神立橋にさしかかるとき青き空の広がりてくる雲をならべて

あらたまの歳を迎へむつごもりに猿頬貝を煮つけるところ

春の水するりのみどをくだりけりあつけらかんと昼の月出て

外出をいとふ日日室にゐて身はふとりくる歌はやせゆく

春の夜のオクラホマミキサーかなしけれ畳のうへにステップを踏む

紙ひかうき

宍道湖の波止にあそべる黒鴨のはづくろひする羽に風くる

姫路にてはしやぎしことも晩年のかすむ記憶のひとつとならむ

硝子戸を開けて網戸も引きあけて月に吠えむとおもひたるのみ

秋長けてシルバー人材センターの草刈り隊が土手にいこへる

杖とハンカチを上がり框にそろへおく九十三歳投票の朝に

五歳なりおねむになればすりよりて胸元あさく手にさぐりたり

従姉妹らと別れしのちの三歳がゆうちゃんひとりぼっちといひぬ

「じんせいはかみひこうき」と助手席のチャイルドシートで五歳が歌ふ

いびつなる花梨がひとつ下がりをり今日することを明日に残して

ピンボケ

Google に氏神さんを呼びいだすこれはくすのき鬱蒼として

順番はとみひろ君が決定すフラフープまづはちひさな子から

玄関に爪あかき蟹ひとつゐてしめつた汐のにほひをもてり

焼玉のぽんぽん船の音がして祖父帰りくる浦戸をぬけて

おしつこの臭ひの座敷に臥す祖父とアイスキャンデー舐めしことあり

蠟細工のごとくなりゆく祖母の顔をおとなの背よりこはごは見たり

おばあちやんと映つた写真はもうなくてピンボケとなる祖母のおもかげ

クロッカス

目が覚めてしまつたからには今日の服着て眉をひき珈琲たてる

紫のとをまりのぞく土手の道クロッカスクロッカスさびしいぞ

山道を歩けば筋肉痛となる足なり筋肉あるをよろこぶ

縺橋（もつればし）わたり湯抱（ゆがかへ）温泉にいたれば茂吉記念館あり

丸文字のごとき太めのペンの跡色褪せてをり茂吉の葉書

焼きそば

道なかにずだぶくろ様のものありてほぐれて猫となりて去りたり

犬は人に猫は家につくといふ而して人は　掃除機かけむ

人界に来たりて六十日の子が稲佐の浜の風にくしやみす

スリッパをそろへてくれた四歳がおとしよりにはやさしくするの

なんでもないお母さんの顔がみたくつて焼きそばを持ちむすめ来たりぬ

電子レンジにチンして焼きそば食べてゐる昨日のことに触れないままに

ほうたるの川面に光をひきて飛ぶよわきこころは手にとらむとす

賀状

二十通ばかりの賀状をよろこびていくたびも読む友より師より

九十有余年を経たる渋紙のやうに破れぬ母のかひなは

おしっこ五回まで受けとめる紙パンツに替へて明日の朝までねむる

竜巻の又従兄弟ほどの旋風に葦の枯葉がまひあがりゆく

坂道にうつぶせなりに落ちてゐる枯葉いちまい水楢おちば

胃カメラ

木造モルタル２Ｋ風呂無しアパートの畳に涙をたれしことあり

進んではいけないといふ声がするボディーブローのやうに声する

嫌なこと怖いことから目をそらしテレビに波のハワイを見てる

胃カメラなり鼻より入れることにする穴に大小あれば左より

かはらないことは嬉しいかはりゆくことは楽しい風を呼ばむか

子の会　近江八幡吟行合宿

春長けて近江八幡駅に立ついざや子(ね)の会吟行合宿へ

葦原をわけて櫓漕ぎの舟に行く水やはらかくぬるくうれしい

カイツブリぷくりともぐりそののちを見ずて田舟は水路をすすむ

河童なら斯く啼くらむといふ声はヨシキリなりと船頭さんは

四日ばかりの旅よりもどり宍道湖にきんくろはじろをみるはかなしも

シーツ

川に沿ひ散歩するなり玉子焼きを九十五歳に出したるのちに

ゆあちゃん五歳虐待死す

ゆるしてとノートに書いた　五歳児のゆるして　ノートに書きしゆるして

眠らむとするときまぶたに浮かびゐし人が足より消えた　と思ふ

じっとりと湿り気を帯ぶシーツより足先は垂る　あ、ひだりあし

明け方に遠雷をきく四つ五つうつつのことは凄まじきかな

そこにゐるひとゐないひとそこにゐたひとゐなかつたひと赤とんぼ

炎天のせなに貼りつくブラウスの小さな意地悪今日ひとつする

臼歯

川土手のところところに赤みえて彼岸になれば彼岸花咲く

彼岸花たちまちに咲きたちまちに褪せてしまひぬ少し疲れて

秋晴れて戻りきたれるこはくてう宍道湖畔へ会ひにいくなり

いつぽんの臼歯の痕のやはらかき歯茎をさぐる月を待ちつつ

この夜頃夢にいでこぬおかあちやん「まあ、ふみこちやん」と言ふこともなし

山椒の実

ニンゲンを操ることの快楽の寒いから今日はこれを着なさい

少しだけ声張つていふバカヤロー斐伊川土手を運転しつつ

初めてのショートステイにパンプスを靴箱より出す九十五歳

中指の付け根にひつかき傷がある　異性愛者として生きてきた

山椒の実ふふめば舌先痺れくるいはずもがなをいってしまへり

オールディーズ

くれなゐの薔薇が朽ちゆく日日をどうでもいいことばかりが浮かぶ

若者の苦悩にみつるいつさつの歌集を読みをふ茱萸たわわなり

幾年を歌を詠み読みこし友といづれ別るる朝もあるらむ

いふほどのことでなければ言はぬままトマトがふたつ赤く色づく

なつのひの校庭ひろし紅白の帽の生徒ら体育すわりす

後部座席につっぷして泣く六歳よ最悪の日だと声をしぼりて

夏祭りオールディーズに爪先はおのづからなるリズムを刻む

毬

君の声をおもひ切手をえらびをりムーミン谷に月のでるころ

ピルひとつ減らして増やして夜長月なみだがでること少なくなりぬ

初秋の風を鎖骨にかんじたら両手をひらき地面をけらむ

栗の毬がつぎつぎと落ち栗の木に毬がすくなくなり秋ふかむ

たはやすくひとは涙をこぼしたりスノードームに雪を舞はせて

還浄

引き結ぶ口角ほどけて笑まひたり九十六歳病衣はだけて

*

眠つてゐるやうできれいな顔をして言へば義弟がこくり頷く

妹の八十五歳が「姉さん」といひてはらはら涙をこぼす

をぢさんとをばさんそれぞれ足弱で息子と夫がお悔みにくる

葬儀社の佐藤さんの指示のまま納棺したりブラウス入れつ

二仏なる読経の声にひい孫の泣き声が和し葬儀はすすむ

「還浄」を見ましてと言ひご婦人がみたり訪ひくるものみの塔の

幽霊

いもうとの送りくれたる土佐文旦ひらけばむつちり段ボールに満つ

おとうちやんの本棚にありし『幽霊』をこはごは開くソファーの後ろ

葉牡丹ののびたる薹にひらきゐる十字の花も春のさきはひ

おとがひのラインがすこし尖りきて二年二組に進級をせり

助手席に五月の風をうけながら「コロナが窓から入ってこない？」

新盆

蜘蛛の巣に蔓先あづける朝顔にちさきつぼみがありてうれしい

山桃の木にやまももの実がみのる文月の頃ふるさとの丘

長男の同級生が初盆とあれば来たりぬ戸主の顔なり

マスクのまま線香あげて挨拶は手早くをへるコロナですので

新盆の梁につるせる提灯を扇風機の風はつかにゆする

空色マスク

おほいなるクレーンがおほいなるキャタピラを吊り上げてゐる秋空高し

秋の日を背中に受けるまるまってまるまって猫になってしまひぬ

ウイルスよく除去するといふ中国製空色マスクにヨガ教室へ

こどもには日本のミルクをのませます言ひし李さんよ健やかにあれ

眠剤を飲まぬ一夜さつらつらと君がことばを思ひ眠らず

仔犬

新しき十年日記を開きたり書きをへる日を思ふことなく

厠までつきくる仔犬をりしこと四半世紀が昔の話

薬袋がいでぬ平成十八年七月十六日ブルーちゃん

恋文は届かぬがよし朝明けにキリマンジャロを濃いめにたてる

手のひらを合はせ頭上に掲げなさい胸ふかく息を吸ひこみながら

初恋

肩甲骨ぐいと盛りあげ歩きさる恋猫がをりあさき春なり

遠山のなだりにあはき紫のみえて四月がさびしくをはる

保育所でパート

あたしはね父さんがすきお迎への遅い三歳耳に寄りきて

「しゅうくんのおばあちゃん」とて手をにぎる父さん来るまで玄関に待つ

お迎への果ててこどもの声のなき園舎をでたり十三夜月

玄関に花束をだく三歳が立ちしことあり平成の母の日

麦の穂の青く波打つ初恋のこころもとなき日はおぼろおぼろ

パンビタン

虚弱なる子供にあればパンビタンを飲ませくれたり甘くにがしよ

食細き孫にいっぱい食べさせむとご飯に砂糖をかけしおほはは

焚き口より取りいだしたる黒焦げを剝けば黄金の芋があらはる

スカートの裾メリヤスのズロースにたくし込み波際をかけゆく

火星人襲来せむとをののきて姉妹三人夕焼けを見つ

三姉妹の次女なり「おまへがをとこなら」祖母は言ひたり三つあみしつつ

散歩して歌詠みヨガをし花を植ゑやがてはひとの世話になり死なむ

野に花

野の花あふれ木の花あふれ五月なり瓦礫のなかに咲く花よあれ

プーチンとゼレンスキーの顔貌が重なり溶けあふ夜のニュースに

夏雲を破る砲弾降らずけり朝顔にちさき蕾がつきぬ

供ふべき墓はなけれど野の菊を摘みてかへらむわたくしのため

爪剪るはかなしきろかも爪きりて母の棺に入れしことあり

初成り

豌豆ご飯がふつくり炊けるおかあちやんが逝きし齢となりにけるかも

眉のへの皮膚が裂けたり絆創膏のうへから眉ひく水無月あした

今年は学童保育に

「ひっぱっていい」一年の女子が訊く屈みピアスの耳たぶ見しむ

あのね耳にこんなのつけたらをかしいよ！だつて先生おばあさんでしよ

「マニキュアはだめだよ不良になるからね。ママがいったよ」二年の男子

週に一度児童クラブの生徒らと過ごす五時間歌を思はず

初成りのブルーベリーの一粒なり惜しみてたべむ酸いかあまいか

白雲

道端にマスクのひもの切れたるが落ちてゐるなり五輪は果てぬ

宍道湖にみをつくしあればとまりゐて羽を日に干す鵜の鳥ひとつ

ノーコーセッショクダメと言ふ子がちよつかいを先に出した子みんな笑つた

お弁当の時はもちろんモクショクで手振りと顔でおいしいと言ふ

はるちやんねモクショクしたよ母さんにおはなしをする保育所のこと

郵便受けに入れておしまひ回覧板手渡しお喋りすることもなし

コハクチョウ戻りきたりぬ斐伊川の水面に映る雲をちらして

艶やかなる冬毛ゆたかな狸なり県道脇によこたはりたり

そりやあやつぱり自分がいちばん到来の白菜にざくり出刃をいれたり

うぶすなをはなれて遠くこの町にながく生きこし今朝の白雲

あとがき

二十年ほど前に短歌に出会いました。それからは短歌を通じて、多くの方々に出会うことができました。

ホームページ「ものぐさ」の梧桐学さん、インターネット上で出会い友となった皆さん、池本一郎さんをはじめとする「みずたまり」の皆さん、「短歌人」へと導いてくださった倉益敬さん、「短歌人」の歌会や集会などで出会った大勢の皆さん、勉強会「子の会」の皆さん、「塔」島根歌会の皆さん、島根県短歌連盟の皆さん、山陰中央新報社文化センター短歌講座の皆さん、「白梅短歌」のみなさん、また折々に歌の種となってくださった皆さん、ありがとうございます。

そして何より、「短歌人」入会当初より選歌をしてくださり、折に触れ励ましてくださった小池光さん、歌集の選歌をしていただき、帯文も書いていただきました。本当にありがとうございます。

歌集にまとめるにあたってはたくさんの助言をいただいた六花書林の宇田川寛之さん、装幀の真田幸治さん、ありがとうございます。

これからも悦びをもって短歌を詠います。

二〇二四年二月

弘井文子

略歴

1949年　高知県高知市に生まれる
2003年　短歌に出会う
2004年　「みずたまり」に参加
2006年　「短歌人」入会
2020年　日本歌人クラブ入会

島根県雲南市在住

紙ひかうき

2024年 4 月 6 日　初版発行

著　者――弘 井 文 子

発行者――宇田川寛之

発行所――六花書林
〒170-0005
東京都豊島区南大塚 3 - 24 - 10　マリノホームズ1A
電 話 03-5949-6307
FAX 03-6912-7595

発売―――開発社
〒103-0023
東京都中央区日本橋本町 1 - 4 - 9　フォーラム日本橋 8 階
電 話 03-5205-0211
FAX 03-5205-2516

印刷―――相良整版印刷

製本―――仲佐製本

定価は表紙に表示してあります
ISBN978-4-910181-62-2 C0092